Paulino García

Los Casi Cuentos

El puño cerrado y otros más...

Volumen II

Publicado por
D'har Services
P.O. Box 290
Yelm, Wa 98597
www.dharservices.com
info@dharservices.com
dharservices@gmail.com

Derechos de autor © 2015 Paulino García

Carátula © Xiomara García
Dibujo © Funwayillustration | Dreamstime.com

ISBN-13: 978-1-939948-30-4

A mis padres
Con amor y agradecimiento profundo, gracias por darme la vida.

Agradecimientos

A.

Mis hijos.

Mi esposa por su apoyo incondicional.

Maryté García y Liset Dorta por sus acertadas opiniones.

Al profesor Orestes A Pérez por sus enseñanzas.

Los compañeros del Club "Atenea".

La escritora Loly Triana.

La Sociedad de Poetas y Escritores.

La escritora Azalea Carrillo.

La Peña Literaria de Hialeah.

La Sociedad de Escritores Hispanos en Los Estados Unidos, AIPEH.

Muy especial, para la editora Edilma Ángel.

ÍNDICE

PRÓLOGO

En los años ochenta, cuando sus pequeñas hijas de tres y cuatro años, emigraron con su madre a los Estados Unidos. Él quedó solo y triste, se refugió en la poesía. Fue su gran etapa de nostalgia.

Dieciocho años después, felizmente se reunió con su familia en Miami, Florida.

De joven, Paulino García incursionó en la literatura, cuenta con un estilo único y de gran valor literario, su forma de escribir es abierta y espontánea.

El autor tiene la facilidad de hacer volar la imaginación del lector; esboza un cuento corto en tres o siete renglones, para el deleite del lector.

Su imaginación vuela y sus ocurrencias en los cuentos largos generan una serie de hilaridad, que definitivamente saca de rutina al lector.

Los invito a disfrutar de la gracia de su prosa, y reír por las ocurrencias que plasma el autor.

Descubrirán mucho más al leer su obra: "LOS CASI CUENTOS, Volumen I y II"

Permita que la magia de este genial escritor, lo lleve al mundo de la fantasía.

Edilma Ángel
Autor & Psicoterapeuta

LA BÚSQUEDA

Me evado en el silencio de la noche para esconderme de la realidad. Me refugio en el mundo fantástico del sueño donde a diario te busco. Persigo tu imagen por los intrincados laberintos del cerebro, pero te escurres sigilosa, deslizándote por caminos incomprensibles. Te dejas ver por momentos dándome vanas esperanzas. Estiro las manos en un último esfuerzo, casi te alcanzo, pero al tocarte resbalas entre mis dedos. Se acaba la noche y no logro mi objetivo.

Mañana, intentaré alcanzarte en otro escape para buscarte; felicidad.

Miami, 23 de junio del 2014

LA DIETA

Eso que le daba lo mismo chicha que limonada quedó atrás, allá en su país latino; ahora es todo un "citizen" como él dice. Ya no le da lo mismo "cualquier cosa"; por eso cambió de trabajo e hizo sus negocitos por la izquierda, hasta alcanzar el nivel económico que le permitió vivir en una esplendida casa, con parqueos para muchos carros, un inmenso patio para grandes fiestas, y sobre todo una piscina olímpica, donde demostraba que era todo un "as" nadando estilo perrito.

También cambio de look: se puso dos aretes, se dejó crecer el pelo para hacerse la colita, y le hicieron un tatuaje de una serpiente. Pero la felicidad no es completa, tenía un hándicap, María su esposa; desde que llegó al país de la abundancia, no dejó de comer hasta ponerse bien abundante de celulitis, y pronto alcanzó la talla máxima, parecía un luchador de "Sumo" con más de 320 libras mal repartidas, casi toda se le quedó en el abdomen, mientras sus piernas seguían desamasadas como siempre; aún así, Johnny como se hizo llamar desde que dejó el Juan en la Corte del condado, se cambio el nombre, el apellido seguía siendo el mismo" Piedra", él amaba a su wife, aunque ella era más radical, y se hacía llamar entre sus amistades Mery Stone.

Johnny trató de convencer a su amorcito de hacer dieta, pero ella se refugiaba con el contraataque, y le contestaba: "entre más me lo digas, más voy a comer, porque ya lo intenté una vez, con la dieta de la aspirina y fracasé, y para que te quede bien claro, yo no tropiezo dos veces con la misma piedra y tenlo bien presente". Y siguió comiendo de forma desmedida, hasta que cambió el aspecto de luchador, por el del globo de Cantoya.

En verdad él la quería, no tuvo valor para dejarla, aunque oportunidades no le faltaron. Un día asistió a un "Baby Shower, y conoció a Isabela, la viuda de Rufo, la cual en un año se transformó en una elegante señora, vestía de forma juvenil, elogiada por hombres y denigrada por las amigas que la comparaban con Frankenstein, por las tantas cirugías para recoger las pieles flotantes, que le quedaron después de "La dieta de la viuda".

A Johnny se le ocurrió una idea, para que su gordita se estimulara y bajara de peso ¡Se haría el muerto! Donde ella no encontrara su cadáver.

Empezó a planificar un plan, se iría de safari para África, casaría leones, tigres y cuantos animales feroces y carnívoros se encontrara en la selva, de esa forma, inventaría que se lo comió un león, y su querida mujer haría la dieta milagrosa. Él regresaría después de su supuesta muerte a recoger el fruto.

Preparó su viaje, y llegó al continente negro. Se hospedó en un pequeño pueblo, hasta encontrar un guía y preparar el equipo de caza. Terminó los preparativos y se internaron en la indómita selva. Caminaron varios días entre malezas hirientes, plantas carnívoras y por debajo de inmensos árboles, poblados de familias de monos e impresionantes serpientes. Al fin llegaron a la zona de caza mayor, el rugido de los leones le ponía la carne de gallina. El ulular de los búhos en la noche, acompañaban la risa escalofriante de las hienas, mientras se escuchaba muy cerca, el himplar de una pantera, ruidos que le provocaban mal de estómago. Se preguntó internamente ¿Quién diablos me mandó a meterme en esto? Mejor que mi mujer se quede gorda, si con todo el billete que tengo me busco otra. Pero era demasiado tarde, ya estaba allí, sudando frío y excretándose del miedo pasó la noche. En la mañana siguieron caminando por la selva, y en un claro vio un pequeño grupo de chozas. Le preguntó al guía cómo se llamaba la aldea, y éste le contestó que era el pueblo del "Cariñoso", un patriarca con más de veinte mujeres y sus descendientes, que lo tenían como un dios. Escuchó muy cerca el rugido de un león, se asustó tanto que le dio diarrea. Se metió detrás de un arbusto y no se percató que el grupo siguió su camino dejándolo abandonado; el león rugió más cerca, le entró tanto pánico, y se sintió tan indefenso...como un niño. Se acordó de aquello de "paticas pa' que te quiero" y echó a correr dejando a su paso pedazos de telas manchadas de sangre por los arañazos, y desgarrones de piel, mientras corría perseguido por dos leonas que resbalaban por las heces fecales que él iba dejando detrás de sí, hasta que de pronto cayó entre los fuertes brazos del jefe "Cariñoso".

Los del grupo acompañante, al darse cuenta que Johnny no los seguía empezaron a buscarlo, y al encontrar los rastros de telas ensangrentadas, regresaron a la ciudad y dieron el parte a las autoridades: "al extranjero se lo comieron los leones".

La noticia le llegó por vía diplomática a su rellenita esposa.

La ahora viuda, preparó un funeral simbólico, colocó una foto del finado rodeada de flores. Asistieron familiares, amigos y oportunistas como siempre, tratando de destacarse en atenciones con la doliente. También fue la experimentada viuda de Rufo, quien en un momento oportuno, cuando el velorio se convirtió en reunión social e intercambio de chismes, se acercó a Mery Stone y le dijo: "Te puedo asesorar en todo, desde cómo comenzar una dieta muy eficiente y te daré los contactos con las clínicas de belleza". De momento, Mery se sintió un poco ofendida, pero no lo expresó, se fue relajando mirando a un conocido de buen ver, que por su parte no le quitaba los ojos de encima.

Pasado tres meses de la desaparición del marido, ya había bajado cincuenta libras y las carnes empezaban a recogerse con la ayuda de los ejercicios; le faltaban unas cincuenta más, antes de entrar al salón de cirugía para la reducción de estómago, después la liposucción para pasar esa grasa a las nalgas, y el levantamiento de senos. Más adelante sería el embellecimiento facial y otras cositas que tenía en mente.

Mientras tanto, Johnny sufría amargamente, aunque conservaba la vida, ésta tenía dueño. El día que huyendo de las leonas cayó en los brazos del "Cariñoso", fue a parar directo a la cazuela, por lo que los caníbales empezaron a bailar alrededor, mientras arrojaban leñas para el fuego, y viandas y sazones para el fricasé. No habían encendido el fogón; eso era privilegio del gran jefe, que se encontraba sumido en una de sus borracheras alucinantes, que lo hacían ver elefantes volando. El patriarca, antorcha en manos se acercó a la olla, y como de costumbre se puso a examinar la comida, aguantándolo por la colita del pelo. Se fijó en el tatuaje y sacó un cuchillo para arrancárselo y usarlo como cuero de tambor. Al pobre Johnny se le salió lo poco que le quedaba en su intestino y gritó un "no plis", que detuvo al cuchillo en el aire, e hizo que el salvaje se fijara en su cara, descubriendo los areticos salvadores, "el Gran Jefe" dijo: –"si tiene prenda en orejas, es hembra". Ordenó ¡Sáquenla y llevar a choza, yo querer mujer blanca! Así salvó la vida y se convirtió en el antojito del patriarca, del cual no podía escapar, por estar bien custodiado por dos guardias y dos peligrosas panteras amaestradas. Pero no todo le fue tan mal, las mujeres se lo intercambiaban para salir preñadas del extraño personaje. Al pasar un año de cautiverio, la población de la tribu era más clara, y el gran jefe, solo lo utilizaba en las noches de luna llena. La vigilancia fue disminuyendo, y una de las mujeres lo quería solo para ella, lo que fomentó grandes trifulcas entre las féminas, cosa que provocó el entretenimiento de toda la aldea, ahora menos aburrida.

La mujer enamorada, planificó la fuga con el cautivo, a cambio de la promesa que la llevara para las tierras de éste. Todo salió bien, de pronto el desaparecido se encontró rodeado de periodistas en el aeropuerto de embarque para su país. La infeliz mujer no pudo viajar y tal vez regresó a su pueblo.

Su esposa, o su viuda según las leyes, no le agradó mucho su regreso y lo mantuvo alejado de la casa, con el pretexto de una cuarentena por las enfermedades que podía transportar, a la vez que preparó la separación definitiva, para casarse con su prometido de descendencia anglo, el cual tenía nombre y apellido de la realeza; Arthur Marble, pero con los bolsillos vacios. A él, le tenía una sorpresa, se había hecho la reconstrucción vaginal, y ahora era señorita; y como ella era tan firme en su decisión, no iba a echar para atrás y tropezar con la misma piedra, que le volviera a romper el corazón, por lo que le dio el no rotundo al Johnny, quien al verse desplazado, y arruinado económicamente; no sufrió mucho, podía regresar al áfrica, reunirse de nuevo con toda la parentela que había engendrado, y además, el gran jefe era muy cariñoso con él.

Miami, 15 de marzo del 2015

MAL AMIGO

Seguro te voy a tapar. No permitiré más tus respuestas cargadas de reproches, ni tus burlas irónicas que crean el desconcierto y la inseguridad. No volverás a matar mis ilusiones. Aún me siento con fuerzas para luchar por lo que deseo, mi juventud está por dentro, y mis canas representan la experiencia, con las cuales nivelo el camino para un encuentro triunfal. Mañana te negaré el saludo, me arreglaré sin tu ayuda y saldré a buscarla. Sé que la conquistaré, la tendré entre mis brazos. Su boca como regalo divino besaré con placer, y beberé en ella el néctar dulce de su juventud. Mis manos recorrerán su cuerpo. El cual agradecido por mis caricias, se entregará dócil como avecilla, entonces seremos uno solo, y esas mismas manos, después cubrirán tu azogue con un cuadro inmenso de cuando era joven.

Te odio, espejo mal amigo.

Miami, 27 de junio del 2014

Nota: Publicado en Antología:
"Tema Libre" de Letras con Arte, España.

EL VIENTO DEL SUR

Amigos comunes los presentaron. Quedó atrapado por la dulzura de su voz y la suavidad de su mirada. Guardó en su interior aquella grata impresión. Sin darse cuenta fue creciendo en él, la necesidad de verla y conversar de algo insignificante, de cualquier asunto. Se acostumbró a verla pasar cada día, en la misma dirección de ida y vuelta, se convirtió en su espía. Nunca se atrevió a confesarle, que en su interior nació un interés más profundo que una simple amistad; su condición de mujer casada lo limitaba. Sus sentimientos reprimidos necesitaban una puerta de alivio, un confidente ¿Pero quién? Sintió en su rostro una brisa refrescante; sonrió y se dijo: "el viento, él será mi amigo secreto".

Calculaba bien el momento en que ella pasaría frente a su casa. Asomado a la ventana, vigilaba expectante el momento en que aparecería, entonces llamaba a su amigo para pedirle favores. Unas veces que soplara suave para refrescar la temperatura, otra que tejiera una alfombra con las hojas caídas de los árboles, para hacer más suave el camino. De esta forma el tiempo pasaba y su ilusión crecía, sin encontrar la vía hacia ella.

Solamente en sueños pudo poseerla. La primera vez, la esperaba en la mañana, ella iría a su apartamento. Tenían poco tiempo. Empezó a llover y perdió las esperanzas. Se asomó a la ventana y limpió el vidrio. Observó que las flores del jardín realzaban su belleza, y bendijo a la lluvia que realizaba el milagro, aunque impidiera su primer encuentro. Dio varias vueltas por la casa, se sentía acorralado y contrariado. Se volvió a asomar a la ventana. La vio venir chorreando agua, corrió para abrir la puerta. Ella entró con la ropa adherida al cuerpo. Él dio gracias a la lluvia, que realzaba sus contornos y justificaba desnudarla, mientras la secaba con sus besos y sus manos recorrían su esplendida figura. Así, en sueños la tuvo entre sus brazos tantas veces, descubriendo sus misterios, un lunar, una cicatriz, o cualquier detalle que después comprobaba, cuando conversaban.

Pasó el tiempo sin hacerla suya. Hasta que un día no la vio más, la buscó, indagó por ella y supo que se había marchado del país. Las calles entristecidas lloraban su ausencia, al igual que las mañanas sombrías, le reclaman su presencia; por lo que tuvo prisa en olvidarla, más no pudo, prendido al dolor de no poder verla. Quiso no soñarla, y se convirtió en la pesadilla agradable. Se fue lejos del lugar de sus encuentros para evadir sus huellas y no pudo, era cautivo de los recuerdos, la sentía en el viento que gira, el olor de las Vicarias era el suyo. En el trueno escuchaba sus gritos pidiendo que la buscara. Sin haberla buscado, la encontraba entre la gente y en cada mirada que se cruzaba en su camino. Se preguntaba ¿Por qué no podía vivir lejos de ella? Si estar cerca tampoco lo dejaba. La ausencia de aquella mujer le había cambiado la forma de vivir, se convirtió en un hombre triste y solitario, que buscaba refugió en la lectura y en el trabajo. Trató de encontrar en otras mujeres lo que sabía que ella tenía y nunca pudo obtener; al no ser en sus maravillosos sueños, pero siempre encontraba que les faltaba algo. Así fue pasando el tiempo, hasta que un día también él se fue del país y coincidió en la misma ciudad donde la buscó. Llamó a su amigo el viento y no lo entendió, ya no era el mismo, hablaba otro idioma. Impedido de la ayuda del amigo, se llenó de valor para decir su verdad. Al encontrarla, renació con más fuerza aquella pasión que aún latía en su interior, la tomó de las manos y la acercó hacia él con intención de besarla, más no pudo, ella viró la cara y le dijo: aún no podemos. Aunque ya no era casada, le faltaba decisión, o nunca tuvo el mismo sentimiento. Él se quedó esperándola para siempre; nunca se la pudo arrancar de adentro.

Miami, 3 de agosto del 2014

BUENA JUGADA

Pensé que este año no iba a ser bueno. Estuve muy molesto con mi hija por ponerme en Facebook. Se lo advertí varias veces, a mi edad no me gusta tanta propaganda. Qué le voy a contar a los amigos. Que ayer me dolió el pecho, que fui al proctólogo, que de mí solo queda el casco y la mala idea. No hizo caso y me subió como dicen los jóvenes.

Lo puso en una página de esas de buscar parejas. Hombre soltero de sesenta años, de buen ver, mediana estatura, canas interesantes, complexión fuerte, ojos claros, perfil romano, saludable y con solvencia económica moderada. Busca una mujer de su misma edad o menos. Integra, saludable, que le guste la música romántica, sea compartidora y familiar, sin prejuicios de los jóvenes, porque tiene hijos y varios nietos, si cocina bien, mucho mejor.

No había pasado una hora, cuando empecé a recibir mensajes de texto; hasta de homosexuales, que respeto, pero cada cual en lo suyo. Escogí un mensaje al azar y le contesté: Hola, gracias por su mensaje. Llegó su respuesta y comenzamos a intercambiar textos. Empecé a comprender a los jóvenes que se pasan el día enviando y recibiendo mensajes.

No le pregunté la edad a Ignacia de la Caridad. Es de mala educación, y a las mujeres no les gusta. Nos citamos para cenar en un restaurante, aunque nos enviamos fotografías, acordamos además identificarnos por el color de la ropa. Ella llevaría un pantalón negro, blusa azul claro, zapatos blancos y un pañuelo azul oscuro anudado al cuello, además, su pelo era de color negro y lo tendría recogido, usaría gafas negras como cintillo. Yo iría de zapatos negros, pantalón marrón y una camisa de color crema, con dos bolígrafos en el bolsillo.

De camino a la cita, me detuve para ponerle gasolina al carro, y compré cincuenta tiquetes de lotería, por sentirme de suerte. Llegué al lugar más temprano y me senté a esperar. Entraron varias mujeres pero ninguna era ella. Me impacienté, pedí una botella de whisky y empecé a darme tragos. Alguien tocó mi hombro, viré la cara y choqué de golpe con una bella mujer, vestida exactamente como lo anunció; volví a coger el vaso y me tomé de un solo trago lo que faltaba. ¡No podía creer que era ella! La volví a mirar, y me levanté para correrle la silla con cortesía. Antes de sentarme...la miré con cierta duda. Debe estar confundida, seguro que busca a otro. Ella se dio cuenta de mi duda y dijo: soy la que estás esperando. Me pellizqué un muslo, para ver si no estaba soñando. Sin lugar a dudas era mi día de suerte. A lo mejor gano hasta la Lotto.

Un poco de miedo atacó mi pecho. Comencé a preguntarme ¿Qué haría yo con aquella mujer de por lo menos veinte años menor? Yo, un viejo que la madre de sus hijos abandonó por dormilón, cascarrabias y anticuado.

La bella, me dio una palmadita en la mano para sacarme del ensueño. El camarero se acercó para preguntar si deseábamos ordenar la cena. Ella dijo que todavía no, y pidió un Brandis. Conversamos de todo lo que ella quiso hablar y escuchar. Después de la cena eligió caminar por las tiendas. Pensé mal...seguro quiere le compre algo. No fue así, ella estaba haciendo un examen de mis gustos. Creo que aprobé y la superé. Noté algo anticuadas sus decisiones, como si yo fuera más joven que ella. Nos despedimos al caer la noche. Cada uno salió para sus respectivas casas. Al otro día nos llamaríamos a las cinco de la tarde, e iríamos al cine. Fuimos a ver una película de amor. Comimos rositas de maíz y tomamos soda. Yo que la observaba con el rabito del ojo, la vi llorando, tan tierna me pareció, pero era que se estaba ahogando porque empezó a toser y tuve que darle varias palmaditas en la espalda. Me sacó de dudas, creí que era muy sentimental. No pasó nada más, cada cual para su casa.

Al otro día mi hija me invitó a una fiesta de piscina. Sugirió que la llevara y ella aceptó ir, pero con la condición de no bañarse, por asunto de mujeres. La recogí en el portal de la farmacia, donde siempre me esperaba y la dejaba de regreso. En la fiesta la presenté a todos, inclusive a mi antigua mujer, quien en un momento oportuno me dijo: pobrecita. Yo si entré a la piscina, desde allí la miraba mientras deducía. "Si está en los días de la mujer, para tener sexo con ella tengo que usar protección, porque puede salir embarazada, pero, si quedara esperando a una niña, que felicidad para mí, son tan graciosas y cariñosas con los padres". Los jóvenes empezaron a bailar. Yo dos pies zurdos. Le dije al nieto que bailara con ella, tiró unos pasillos y dejó plantado al compañero. Él se acercó y me dijo: hay gato encerrado. Me atacó la duda ¿Será un trasvertí? Por suerte solamente han visto manitos.

Porque si se enteran los jodedores ¡Trágame tierra! Fui detrás del nieto para hablarle aparte ¿Qué pasa? Le pregunté. Nada abuelo, se nota muy cansada y falta de ritmo, para la edad que aparenta. Hasta cierto punto sentí alivio. Deduje, "como está en sus días, tiene muchas pérdidas de sangre y eso la debilita". No obstante, como soy lobo viejo, advertí a mi hija que estuviera al tanto por si mi amiga iba al baño, y me dijera si le notaba algo extraño. No descubrió nada raro.

Ella no sabía de mis sospechas, la saqué a bailar un bolero suave, la pegué bien a mí y metí las rodillas entre sus muslos. Nada, mujer ¿Pero si era un transgénero operado? Además, no tenía puesta almohadilla sanitaria. Exclamé ¡Qué clase de calor! Porqué no te quitas el pañuelo del cuello. Se lo quitó. Confirmado, ciento por ciento mujer. El cuello muy arrugado pero sin la nuez de Adán. Se sentó y sacó un separador de pastillas medicinales, escogió varias y las tomó con agua. No quiso bailar más y pidió que la llevara de regreso a su casa. En el auto la miraba de reojo buscando descubrir alguna cosa más, nada, muy bonita e interesante, le tomé la mano, ella acarició la mía, después acaricié su muslo, ella sonrió gustosa. Sentí que me estaba ilusionando demasiado. Llegamos al lugar donde siempre nos despedíamos, solo que en esta ocasión me invitó a su casa. La sala con buenos muebles de estilo antiguo, las paredes llenas de cuadros de familiares. Le señalé uno, y me dijo: −fue mi difunto esposo.

Pasamos al cuarto, también muebles antiguos muy bien cuidados. Apagó la luz y se desvistió. Yo hice lo mismo. Nos acercamos y nos dejamos caer en la cama. Noté que algo la molestaba en uno de sus glúteos el cual se acomodaba. Descubrí que era una nalga que se corría del lugar. Al terminar ella estaba muy sofocada pero al parecer feliz, porque se fue al baño canturreando. Encendí la luz y vi su bolsa, la cual registré con mucho cuidado buscando alguna identificación. Encontré su licencia de conducir con la fecha tapada con pintura. Volví a poner las cosas como estaban. Miré hacia el teléfono y eché a andar la máquina de mensajes, uno era para confirmar una cita de una clínica para gente adulta. Decidí ir a ese lugar para investigar algo que aún daba vuelta en mi cabeza. Nos despedimos con mucha ternura. El día de la cita médica llegué con tiempo para esconderme. La vi llegar en el transporte que la recogió, y que transporta a pacientes. La llamaron para la consulta de Geriatría. Por mis cálculos y por lo que pude investigar, es mayor que yo al menos doce años, un logro de la cirugía estética, aunque un error se le va al mejor escribano. Pero como "Algunos prefieren quemarse" –como en la película– me quedé con ella que es una excelente dama.

Miami, 20 de abril del 2014

A SU FORMA

La empleada del hogar de anciano los presentó. Los dejó solos en el salón de estar para que conversaran, ya que no se conocían.

– ¿Cuándo llegó?

– Ayer, me trajo la sobrina ¿Y usted?

– Hoy, me trajo mi hermana ¿Va para el comedor?

– Si, y ¿Usted?

– También.

Se tomaron de la mano los dos ancianos y recorrieron el camino. Ya en el lugar, él separó una silla de la mesa y ella se sentó; él lo hizo al frente y se quedaron mirando a los ojos enternecidos.

"Seguro que es Roy" –pensó ella–.

Seguro que es Liz –pensó él–.

Coincidieron mentalmente en que aún no habían cambiado en nada; pero se guardaron sus propias opiniones, y recordaron cuando eran jóvenes.

Liz sentía que a ella le faltaba clase para estar a la altura de él. Deseaba tener más suspicacia, gracia femenina, sensualidad, menos estrechas las caderas, más provocativos los senos para competir con rivales más agraciadas.

Roy no la quería como era en sí; tan atractiva y sensual. Le gustaría que ella fuera más sencilla, menos voluptuosa y liberal; sino con un cuerpo menos agraciado y un poco antipática. Es decir, que fuera atractiva y sensual a la medida de su interés, para confiar que no era apetecible para otros. Ella deseaba que él fuera de espaldas más estrechas; su estatura menos elevada y no tuviera tan abundante cabellera, quizás un poco calvo y de piernas zambas, que lo hicieran menos varonil al caminar. No tan simpático, más tímido al expresarse. Menos deseado por otras jóvenes.

Es decir, cada uno deseaba que el otro estuviera hecho a su medida, a su valoración; a sus propias medidas de seguridad. Por eso pasaron el tiempo solos, atados por los límites de sus propias conveniencias.

Miami, 28 de febrero del 2014

BIGAMIA

Camina por los pasillos de la tienda. Se detiene frente al estante de comidas para perros, lee las etiquetas y los precios. Le llama la atención una nueva marca. Toma una lata y se la acerca a los ojos. Esboza una sonrisa mientras piensa en la alegría que le hubiera demostrado Perlita, su linda mascota, movería su cola con simpatía; provocando que sus otras dos acompañantes, en ese momento, fueran más agradables. Pero ella ya no está, hace algún tiempo se fue para el cielo de los perros buenos. Sigue caminando por la tienda saludando a otros clientes. Se detiene frente al reloj de pared, saca el suyo que guarda en el bolsillo atado a la descolorida cadena y verifica la hora. Es tiempo de retirarse. Busca la puerta de salida. Se detiene frente al televisor del sistema de vigilancia. Se reconoce artista por un momento; se dice adiós y se va caminando lentamente, siempre mirando al piso, buscando algo que nunca encuentra. Llega a su casa, se sienta en el banquito de la entrada. Saca la llave del bolsillo. Se pone de pie y abre la puerta. Entra despacio, sin hacer ruido para no molestar a sus fieles esposas; Tristeza y Soledad.

Miami, 8 de julio del 2014

ILUSIÓN

El pintor discutió con su esposa, fuerte en la mañana, ella impidió que él se fuera de la casa para siempre, pidiéndole una nueva oportunidad; accedió, más por costumbre que por amor. Después se fue al trabajo. Llegó a la oficina muy deprimido. Atendió varias llamadas telefónicas sin mucho interés, solamente una lo sacó de su paso, y le alegró la mañana, era la misma mujer que lo llamaba desde hacía una semana. Atrapado por aquella voz colgó el teléfono. Cerró los oídos a todo sonido. No quería que algo borrara las melodiosas palabras que se repetían como un hermoso trino de ave matinal. Se sentó en la mesa de trabajo y empezó a dibujar un retrato, que según su corazón y la descripción que ella le daba, sería la dueña de aquel bálsamo sonoro.

Recordó la imagen de varias mujeres que visitaron la oficina en los últimos días. Una tenía las mismas características, aunque le pareció escasa de vista, porque acercó demasiado su cara a la de él, ahora piensa que era una forma de insinuarse, y él no lo entendió. Sin lugar a dudas era esa, la preciosa trigueña que le ofrecía amor; en este momento que tanta falta le hace un apoyo, para acabar con el suplicio matrimonial que le amargaba la existencia, por culpa de su endiablada esposa.

Alguien lo interrumpió y perdió la concentración. Al quedar solo de nuevo, trató de recomenzar y no pudo. Buscó en el identificador de llamadas el número y marcó. Contestó ella. Se volvió a extasiar con ese perfume acústico, solo se dedicó a escuchar hasta que se cortó la comunicación. Se sintió tan inspirado que en un santiamén terminó la obra. Por el número buscó la dirección del lugar de origen de las llamadas. Estaba seguro que aquella mujer esperaba por él; su forma de decir lo convencía, no siempre la gente expresa sus sentimientos en forma de poema. Volvió a leer lo que ella le dictó:

No te demores amor
que cautiva soy del tiempo
mi corazón se deshace
por entregarse en pasiones.

El poema le pareció un poco romanticón y muy cursi, sacado del tiempo de cuando la corneta era de palo. Todo estaba decidido, y más, porque ella le dijo que lo conocía en persona, de cuando iba por asuntos de trabajo a su oficina, y que desde la primera vez que lo vio, no hace más que pensar en él, en el momento que se sienta abrazada por sus fuertes brazos que la atraen hacia su pecho de titán. Se miró los brazos y pensó: tiene que ser la trigueña, que aparte de todo está cegata, yo tengo músculos de relojero y pecho de palomo; o es que su amor la hace ver maravillas. Sin lugar a dudas, es la que me hace falta.

Decidió recomenzar su vida con ella, por lo cual llamó a su esposa para decirle que el matrimonio no tenía arreglos, quería el divorcio. Se dirigió a un concesionario de auto y entregó el suyo de dos años de uso y pocas millas. Se montó en uno del último modelo y fue a una tienda de especialidades para hombres, escogió el mejor traje y reloj de pulsera que exhibían. Ya estaba listo para buscarla. Llegó al lugar. Se quedó en el auto mientras se retocaba el peinado, sacó la lengua para limpiarla, se quitó restos de comida de un diente, revisó las fosas nasales y arrancó un pelo largo. Después, con caminar enérgico, varonil y elegante, entró al establecimiento con el retrato en la mano. Saludó a una anciana, la cual, se lo devolvió con un movimiento del bastón. Se acercó al buró de información y le enseñó la foto a la empleada mientras preguntaba, si conocía a esta persona. La mujer enrojeció y miró a la anciana que estaba presente, y le dijo:

– ¿Otra vez mamá?

Ella le contestó:

– Es que me aburro hija.

Él reconoció la voz y se le desarmó el corazón.

Miami, 10 de julio del 2014

EL PUÑO CERRADO

Ya estoy aquí, adentro. Viviendo y viendo la vida desde ti. Ahora puedo leer en tus recuerdos. Tu infancia, con momentos felices e infelices, alegres y tristes. La inocencia, con esperanzas y sin ella. Las ilusiones, los sueños dormido y despierto. Tu miedo y tu valor. Tu amor y tu odio; porque soy parte de ti.

Pude ver en tu pasado, a tu padre llamarte a las cuatro de la madrugada, para que ayudaras en el ordeño de las vacas, con solo siete años, a esa hora deberías estar durmiendo y soñando con juegos de niños, descansando, después ir a la escuela, para aprender a leer, escribir y contar; en vez de enyuntar bueyes y cambiar el caballo de lugar.

Dentro de ti, vi tus días felices jugando con la carreta hecha de palos y con botellas como bueyes. Eras feliz cazando tomeguines con la jaula de trampas, los cuales liberabas después, porque te gustaba la libertad.

Te veo en la escuelita del batey, llenando cuartillas de barcos y banderas, de marineritos valientes y batallas navales. Mientras el maestro hablaba de hectáreas, pensabas en cuadrantes, él hablando de millas terrestres, y tú pensando en millas marinas, en nudos y brazas, porque tú no dabas campesino. Lo tuyo era el mar y los barcos; esos eran tus sueños. Por eso se reían de ti tus hermanos y te regañaba el padre; eras el tonto, el cobarde que no montabas los toros, ni domabas los caballos. Que cuando tu padre te preguntó la equivalencia de una besana, un acre o un quintal, no supiste contestar y te quedaste callado.

De la adolescencia descubrí cuando viste por primera vez el mar y los barcos; y soñaste despierto navegar algún día en uno de ellos, para recorrer el mundo y conocer otros pueblos. Supe de tu sueño dormido, cuando veías al mar y las inmensas olas te ahogaban; despertaste asustado y tembloroso.

Ahora estoy aquí, en tu realidad, sintiendo que duermes la última noche de tu juventud al lado de tus padres, porque ya amanece y tienes que levantarte, caminar cuatro leguas para llegar temprano a tu primer trabajo en el bar del batey. Al partir besas a tu mamá y le pides la bendición, tratas de despedirte del padre, quien contrariado baja la cabeza, porque no te quedas a su lado cultivando la caña, ordeñando las vacas, enyuntando los bueyes.

Te vas ahora, y yo contigo que aún no me puedo separar. Vas caminando alegre porque te quitas de encima la tierra y el fango, preocupado por lo desconocido, por lo que tienes que aprender, con quien tienes que lidiar. Llegamos al bar, el dueño te recibe muy serio. Impone el respeto, el carácter y la disciplina, para que el negocio funcione bien.

Te quedas solo un momento, con todos los clientes pidiendo a la vez, todos exigiendo, no todos pagando honradamente. Trato de ayudarte pero no puedo, no puedes oírme y sin embargo grito en tu interior; aquel del bigote, con sombrero, parado en la esquina, debe cinco reales, el del niño descalzo un trago y un dulce, total quince centavos. Te atormentas, es el primer día, pero será el último; ya vienen los guardias rurales. Ya cobraste a todos, el dinero está en la caja recaudadora. Sigues trabajando. Llegan los militares y te miran, te ven por primera vez, se ríen entre ellos, sacan los machetes y lo ponen a la vista, piden una botella y dos vasos, les sirves y pides el pago. Uno de ellos te pregunta: ¿eres tonto guajiro? ¿No sabes quienes somos? Y tú les contesta: si lo sé, pero tienen que pagar. Ellos se encolerizan, dan dos planazos en el mostrador, uno se fija en tu pelo negro engrasado y aplastado a la moda del momento y dice: se parece a Cuco Boloña –el artista del cine mexicano– todos los presentes se ríen, porque le temen a ellos. Te pones colorado, rabioso, ofendido y humillado por la frescura de los militares. No te puedes contener y armado con una botella, atacas al guardia de la derecha quien cae dormido, saltas el mostrador y de un puñetazo pones fuera de combate al otro, que estaba sorprendido, no esperaba tu reacción, acostumbrado a abusar de los infelices campesinos. Ya están los dos en el piso. Ahora los guajiros cobardes te piden que huyas. No quieres huir, sino pelear. Uno te dice que corras, que lo hagas por tus padres, él los conoce, que escapes porque te van a matar. Entonces te acuerdas de la familia, la novia que acabas de conquistar, el primer amor. Al fin corres, yo contigo y me estremezco, tiemblo y me recojo más dentro de ti.

Ya los guardias se levantan y montan las bestias, preparan los fusiles para darte caza como a un animal salvaje. No conoces el lugar, ni hacia dónde ir, pero aquel guajiro del niño descalzo, te dice que busques la línea del ferrocarril, porque los caballos no pueden correr por ahí, se parten las patas. No te pueden seguir de cerca y tomas ventaja, aunque las balas silban a nuestro lado porque yo voy dentro de ti. Ves una cigüeña de línea estrecha, es más ligera y veloz. Te montas en ella y mueves las bielas, la impulsas, vas rápido, más que correr, vuelas. La línea se desvía por un callejón estrecho y los caballos no pueden seguir. Llegas al pueblo, en él vive tu hermana, la esposa del dueño de los ómnibus locales. Ellos pueden ayudar. En el primer bus que sale del pueblo marchas hacia la capital, La Habana.

Ya en la gran ciudad te ves solo, tienes hambre, registras los bolsillos y solo tienes una peseta. Recuerdas el cuento de "La Cucarachita Martina". ¿Qué hago? ¿Qué compro? Te acuerdas de tu madre, de sus caricias, de la infancia feliz al lado de ella, acunado en sus brazos escuchando sus cuentos, recibiendo sus besos. Decides al fin, el hambre muerde el estómago y nubla la vista. Un pan con guayaba, eso es, el costo dos centavos y tres para un café, total cinco, quedan quince, a cinco por días. Tres días garantizados ¿Y después?

Caminas por las calles buscando un empleo, pero no hay, nadie te acepta, tu aspecto está mal, la ropa raída y sucia. Ya llevas tres días caminando sin descansar, hambriento y solo restan cinco centavos. Llegas a un lugar desconocido, todo es nuevo para ti y para mí, que aún estoy aquí.

La curiosidad hace que entres al lugar. Se escucha una campana. El ruido te atrae. Ves a dos hombres golpeándose, hay mucha gente que grita y piden más golpes y más sangre de los hombres, que muere una parte de ellos en cada golpe. Uno cae sangrando. El otro gana tres pesos, el que pierde, nada, solo chiflidos de lobos sedientos de sangre, de frenéticos lunáticos.

¿Quién sube a la otra esquina? Pregunta el vocero del lugar. No hay rival para aquella fiera que levanta los puños desafiantes y enseña los dientes. Pelea; bien pagada – aclara el individuo– un peso por cada asalto que le aguanten al "Rey del Cerro". Nadie sube. Tienen miedo de ser descuartizados. ¿Y tú por qué no subes guajiro? ¿Tienes miedo? Te pregunta uno que lleva traje blanco. ¿Por qué no subes tú? Le respondes, y él te contesta: porque soy rico estúpido, mientras dos matones se acercan apuntándote con sus armas de fuego. Se te enfría el alma pero no tiemblas. Tratas de abandonar el lugar. Abren paso, pero el bolsillo vacío reclama, el estómago estragado pide.

Te decides y pides los guantes. Subes al ring. Suena la campana y comienza el combate. La gente grita, quieren acción, los dos se estudian, dan vueltas mientras se miran a los ojos. Es la primera vez, te falta técnica pero te sobra valor. La fiera se decide y ataca, golpea con su derecha en tu rostro, con la izquierda en el estómago vacío, vuelve a golpear con la derecha en la nariz, sangra la boca, la ceja partida, el ojo cerrado; es una máquina de golpear, pero no te rindes. Soportas el castigo de pie. No caes, no caemos porque yo estoy ahí. Pasa el primer asalto. Ya tienes un peso. Alguien te echa agua y seca con una sucia toalla. Comienza el segundo y soportas el castigo de pie. Has recibido castigo, pero también has aprendido a esquivar, ya tiras tus golpes que hacen su efecto en él, que se siente desconcertado ante tu resistencia. Llegas al quinto, ya tienes cinco pesos. La gente aplaude, a él le chiflan.

Cada asalto que aguantes lo ganas, lo pierde él. Las apuestas de afuera no importan. En el sexto asalto están muy cansados. Un golpe tuyo lo pone fuera de combate y ganas los diez pesos que paga la pelea. Te levantan el brazo y la gente aplaude, a él lo arrastran hacia una esquina, donde dos niños lloran al padre dormido, lo limpian con lágrimas, lo cargan a medias para acostarlo en un banco, te conmueves con ellos y los ayuda, cargas al rival. El niño mayor te da las gracias, el menor te mira con odio, no puede comprender que la pelea fue limpia. Le preguntas al mayor por qué su padre pelea, él responde: para alimentarnos señor, somos seis, el mayor soy yo, tengo once años. Un nudo te atraganta, te asfixia, los ojos se humedecen. Sacas el dinero ganado y guardas solo cuatro pesos, los otros se los da al niño mayor. Te marchas herido en la carne, y en el alma también.

Compras un pantalón y una camisa, ambos muy baratos. En la barbería te afeitas y el barbero cura las heridas. Al salir a la calle, encuentras al niño que te busca; mi padre quiere verte, te ruega que lo sigas. Viven en un pequeño cuarto. Si no les da el dinero de la pelea, no pueden pagar el alquiler y el dueño los desaloja; quedan en la calle como tú y yo estamos ahora. Te invitan a almorzar y se interesan por ti. Al conocer tu problema, te ofrecen compartir el techo de su humilde casa. AL otro día salen en busca de trabajo los dos. Ya tienes una dirección para recibir ayuda de la familia, ahora estás seguro para compartirla. La carta llega, el dinero y la recomendación del concejal del pueblo para ser aceptado en la Marina de Guerra.

Pasas la escuela de marinos y sales en tu primer viaje. Llegas a Cayo Hueso, conoces Miami, una pequeña ciudad. Viajas a Dominicana, aprendes a bailar Merengue, conoces mujeres; y yo me aferro a ti para no quedarme allí. Viajas a Haití, Puerto Rico y otros lugares más, donde aprendes sus bailes, tomas sus licores oriundos y tienes amores; pero yo sigo aferrándome, conociendo tus aventuras.

Regresas a Cuba, visitas al amigo que ya no boxea, ahora es dependiente de un almacén, para él también la vida cambió. Ahora tienes un arma y poder. Ya puedes regresar a casa, al lado de tus padres y hermanos que te extrañan, de la novia que espera ilusionada.

La alegría se desborda en la casa, el hijo descarriado regresa, la oveja perdida aparece. Mientras la alegría hace mover los pies, y el cuchillo corta la carne del cerdo sacrificado; dos guardias rurales se acercan, la madre los presiente. No te inmutas, estás confiado, yo también, porque estoy dentro de ti y conozco tu valor. Las bestias se detienen frente a la casa. Los dos hombres acarician los machetes, alistan las pistolas. Aún vestido de marinero, con grados de sargento y el arma en la cintura, sales desafiante a enfrentarte a dos valientes, que comprenden que no pueden contigo; se acuerdan, que siendo casi un niño fuiste superior a ellos. Se quitan el sombrero y saludan, te dan la bienvenida y se marchan. La fiesta sigue, la alegría aumenta, la novia llega, la besas y tomas entre tus brazos, le haces promesas. Cuando regreses del próximo viaje se efectuará la boda. Las caricias te excitan, y yo me sostengo con fuerza para no caer al vacío; aún no es mi tiempo.

Vuelves a partir a la aventura, al fragor del combate, a la guerra donde caes herido. Regresas a

Cuba. Viajas a tu tierra y buscas a tu novia. Cumples la promesa, te casas. Ahora si puedo salir, comenzar mi propia aventura, la competencia será fuerte, miles de rivales me esperan; pero estoy confiado, el premio será mío, el único que existe, cuando más compartido.

Antes de salir te pido una cosa y te doy una seña. Dentro de nueve meses, cuando nos vayas a ver, llévale un ramo de flores a ella, y fíjate, en mi manito derecha, el puño cerrado.

Ciudad de La Habana, 10 de julio de 1996

OJOS DE MÁRMOL

Entre semana el parque de la rotonda permanecía relativamente solitario. Personas mayores se sentaban a solearse mientras leían el periódico. De vez en cuando aparecía un grupo de turistas tomándose fotografías en distintas posiciones. La más utilizada era frente a las estatuas del centro de la fuente, lugar al que eran orientados los chorros de agua. Los niños que visitaban el lugar los fines de semana, caminaban por el muro que formaba el estanque, haciendo toda suerte de movimientos como los equilibristas de un circo. En ocasiones se le caían sus juguetes, los cuales se hundían dentro del estanque y no eran recuperados, sino por los encargados de la limpieza.

Además del estanque, al monumento lo adornaba una escultura de mármol representando a un hombre y una mujer casi de tamaño normal. La pareja tenía la mirada baja, al parecer buscando algo que les faltaba a sus pies, como si la obra estuviera inconclusa, pero ese espacio desde hacía algún tiempo lo ocupaba un perro vagabundo, que todas las tardes se lanzaba al agua y nadaba hasta el lugar, donde se echaba después de lamerle los pies a la pareja de roca, y lanzar al aire un aullido como de dolor que llamaba la atención a los presentes.

Aunque de piedra, los oídos podían escuchar el susurro de las parejas de enamorados y el cantar de las aves. También por sus rígidos músculos corría la energía de vida, adquirida de una pareja que había muerto en un accidente de tránsito, en la vía que circunvalaba el parque; y estos al desprenderse el alma del cuerpo, se pusieron de acuerdo para morar en aquellas rocas que los semejaban. Solamente el perro que había sido la mascota de los finados, era capaz de entender lo que pasaba. Un día apareció entre los brazos de la mujer una muñeca, de las que quedaban abandonadas por las niñas. Fue el perro que de alguna forma inexplicable la había puesto allí. Los turistas tomaban fotos y comentaban que era una broma quizás del encargado de limpieza, cosa que éste negó.

El tiempo que no se detiene, dio término a la vida del fiel animal, fue un día, que éste lanzó al aire un escalofriante aullido y después cerró los ojos. Esa noche, llovió, tronó y relampagueó de forma nunca antes conocida. Al otro día, sobre el parque, el sol brilló distinto. Los que habitualmente visitaban el lugar, apostaban que las estatuas eran solo dos figuras, que la mujer nunca había tenido un bebe en los brazos, y que tampoco existía el perro a los pies. El empleado juraba que no era una broma de él, que estaba seguro de haber visto unos días antes unos técnicos inspeccionando el monumento. A lo mejor ellos tienen la respuesta, o seguro le adicionaron las otras figuras de mármol.

Ha pasado el tiempo y la respuesta no aparece; tampoco yo la sé, ni siquiera estoy seguro que esto no sea una fantasía mía, y si existen las supuestas estatuas.

Lo que sé, es que usted y yo hemos echado a volar la imaginación, y eso es bueno para olvidarnos de los problemas ¿No lo cree?

Miami, 25 de septiembre del 2014

HACIÉNDOME

Siempre pensé en eso de hacerse el muerto, para ver el entierro que me harían. Sería el método ideal para saber quién nos quiere y cuanto valemos para los demás ¿Pero cómo hacerlo? Es difícil o imposible, aunque existen formas, por ejemplo, esconderse donde se pueda observar la reacción de los otros; sé que eso está muy gastado incluso para los niños.

Recuerdo que mi hermana pensaba que nuestra madre no la quería, le había asignado la tarea de fregar los platos después del almuerzo, eso era un castigo para ella; un día se le ocurrió esconderse dentro del escaparate. Después de hacer sufrir a mamá, la abuela, la tía y hasta a mí, salió del escondite para recibir como premio de su aparición, un festival de nalgadas. Por ese motivo llegué a la conclusión que eso era muy infantil y poco práctico, así que le quité interés al asunto.

Fui creciendo, me enamoré y casé con la cabeza repleta de ilusiones, hasta que un día empecé a despertar y ver la vida desde la otra esquina, a comprender, que de la misma manera que yo miraba a otras parejas de amigos, otros también miraban la mía. Esa fantasía sexual que teníamos varios amigos, que nos parábamos en la esquina a cortar levas, y a imaginarnos como harían el amor Jacinto y Josefa, porque de alguna forma lo harían para tener cuatro hijos. Ella pesa cerca de 320 libras y él ronda las 400.

Como dije anteriormente, seguro que de mí también hablaran, mi esposa y yo no tenemos carne para juntar y al menos acercarnos al peso de Josefa, tal es así, que a mí me dicen saco de hueso en el trabajo, a mi esposa no lo sé, nunca me lo ha confesado. Calculando como son mis compinches, cuando ella se pone a barrer el parqueo, seguro hacen apuestas de que si se monta en la escoba y sale volando, o termina de limpiar porque la herramienta se quedó sin gasolina. Si pienso en la fantasía que tienen con los gordos, de nosotros dirán que hacemos un dúo musical percusionistas por el golpeteo de los huesos pélvicos y todo el esqueleto. Poniendo la tapa al pomo de estas suposiciones. Piensen en la vergüenza que pasaría yo, si a mi esposa le pasara lo mismo que a otra vecina, que se le cayó la toalla, lo único que cubría su desnudez, y delante de los bomberos que rompían la puerta de la casa, porque recibieron una señal de alarma, "que la casa se quemaba con alguien adentro" ella era la que se bañaba, y dicha señora tiene muy buen ver, lo contrario de mi mujer por la carencia de materia cárnica. Si les describo solamente los pechos, se los tendría que comparar con dos huevos de paloma fritos, de las caderas ni se diga, los huesos por fuera; poca materia palpable me brinda.

Por los motivos antes señalados, me he alejado un poco de mis amigotes, como aceptando aquello "que el que tenga techo de vidrio, no le tire piedra al vecino", porque le puede caer encima. Aunque en este caso, a mí lo que me cayó en la cabeza, fue un coco de agua de la mata del patio, que me dejó sin conocimiento y en el salón de operaciones de un hospital, donde me hicieron la trepanación del cráneo, para extraerme los coágulos de sangre del cerebro, que momentáneamente me dejaron sin visión, la cual recobré mientras me preparaban, por lo que pude ver a una hermosa mujer de cara angelical, quien provocó que pensara: "si me salvo de ésta y no quedo idiota, cambiaré mi forma de vivir por una más alegre". Para empezar, si al despertar de la anestesia, tengo a esta mujer delante, le preguntaré si estoy muerto y ella es un angelito. No fue así, al abrir los ojos, lo que tenía delante era la cosa más fea que pudieron encontrar para atenderme en la recuperación post-operatoria, por lo que tendría que preguntar ¿Si me había muerto y estaba en el infierno?

No dije nada y me acordé de aquello de hacerme el muerto. Lo que hice, fue fingir que no veía, hablaba, o podía escuchar. Me preparé mentalmente para el primer encuentro con los médicos y la tonta prueba de mover un dedo de un lado al otro, para ver si lo seguía con la vista, por lo que cerré los ojos y no los abrí por más que ellos quisieron, también me hice el sordo, para escuchar lo que decían de mi, así pensarían que no los podía oír. La primera noche por los sedantes la pasé tranquila, aunque no dejé de planificar. En la mañana me moví un poco brusco. El enfermo de la otra cama llamó a la enfermera –muy linda por cierto– ella empezó a asearme. Como no podía ver la justificación estaba a mi favor, empecé a mover las manos como desorientadas, buscando algo, hasta que le toqué un seno. Mi esposa que pasó toda la noche a mi lado, le ofreció disculpas explicándole mi condición, ella le dijo que no se preocupara, y se viró de espaldas para hablar con el otro paciente. Volví a mover la mano hacia el lado, tumbando varias cosas que estaban en la mesita auxiliar, ella se agachó para recogerlas y con el rabito del ojo le mire las piernas. Mi esposa cambió de lugar el asiento, para estar más cerca de mí y tratar de evitar otro desastre. Pude ver en su cara la tristeza, sus ojos enrojecidos indicaban que había llorado mucho. Llegó la hora de la visita: solo podían pasar de dos en dos, primero pasaron mis hijas que me abrazaron llorando, me dio tanta lástima, que por poco se me olvida que supuestamente no hablaba. Después entró al cuarto el varón, me tomó la mano mientras me decía:

– "Sé que no me puedes oír, pero te digo delante de mami que mantendré la casa como tú nos has enseñado".

Les tocó el turno a mis amigos, Juanito no pudo hablar, empezó a llorar virado hacia la pared. Pedro se acercó más para decirme:

–"Puedes contar conmigo para lo que sea".

Mi esposa le aclaró que yo no lo podía escuchar ni ver.

Pero yo si vi como miraba a mi mujer de arriba abajo, y recordé que él decía en el grupo, que era enfermo por las flacas. Después se ofreció a llevarla para la casa. Yo quería decirle que no se fuera con él, que era un descarado, y seguro le propondría entrar en un hotelito de barrio, para que descansara sin que nadie la molestara. No hizo falta mi intervención, ella no aceptó, le aclaró que no se iba a despegar de mí.

Llegó mi cuñada la gorda y ni me miró, enseguida empezó a probar lo que había de comida.

Una amiga de mi mujer, la que nunca he soportado, trató de consolarla y le dijo: – "cualquier cosa que pase, –aún eres una mujer joven–, no te vas a quedar sola".

La muy p... ya estaba matándome, e insinuándole que buscara otro.

Entraron las nietas que me tienen bobo y empezaron a hacerme cuentos de la escuela, y a besarme las manos mientras me decían "abuelito te queremos mucho, por favor ponte bien". Se me hizo un nudo en la garganta y quise darles una alegría, abrí los ojos por completo, la niña se puso contenta, lo pude ver en sus ojitos. Mi esposa acercó su cara y me besó, fue él más dulce que recuerdo. Movió su mano de un lado al otro y la seguí con los ojos, se viró hacia mi hija y le dijo, ¡ya ve! No quise avanzar más esa noche y cerré los ojos como para decirles que tenía sueño.

Al otro día en la mañana le pregunté a mi mujer quien era, contestó que mi esposa, la miré de arriba abajo, cambié la vista para la enfermera y me dije: que mala está, pero la quiero, sonreí, ella, que me conoce bien, seguro entendió y también se rió mientras miraba a la enfermera y se comparaba. Sentí orgullo de ella. Pasó casi un mes, ya aburría la misma monotonía de hacerme el chivo con tontera, aunque si había podido valorar que mi familia me quería. Mi esposa no se apartó de mí, ni de día, ni de noche, mis hijos y nietos fueron siempre a la visita, pude conocer bien a mis amigos. Además, mi delgada esposa al igual que yo aumentamos unas libritas, por lo que ella ya no era tan aplanada por delante y por detrás. Un día, ella reafirmó aún más su fidelidad, a la cama de al lado llegó un nuevo paciente que se puso a pintarle fiesta, ella le dio un buen parón poniéndolo en su lugar, además, ese día llego la nieta que cumpliría pronto sus quince años y me dijo: "abuelito, si no te recuperas no me van a hacer la fiesta". Esto me tocó muy hondo, por lo que determiné dejar la farsa y me dieran el alta.

Ya había logrado mis objetivos, comprobé que la gente me quería, aparte de convencerme, que aquellos huevitos fritos que ahora tenían talla como de naranjas, solamente tenían un dueño, yo.

Miami, 7 de abril del 2014

MÁS DE LO MISMO

Si a cantaros lloviera, el día sería distinto, imposibilitado de salir se asomaría por la ventana, y encontraría entretenimiento viendo como el agua cae sobre su viejo camión y despega los excrementos de pájaros; cosa que le recuerda que no debe parquear debajo de los árboles. Pero no llueve...es domingo y como siempre va caminando hasta la panadería, a buscar el pan calientico acabado de salir. Delante de él, a unos diez metros, va con el mismo objetivo, la linda vecina del frente, contoneándose y remeneando su bien formado trasero, mientras habla por teléfono.

Él se complace en verla caminar delante, por lo que no trata de alcanzarla; sabe que se encontrarán de frente –como casi siempre– cuando ella salga de la tienda y él entre. Eso no falla, los cálculos están realizados en base a la teoría matemática, de la imposibilidad sexual de estar con ella. Lo que quedará totalmente demostrado, cuando se saluden y reciba su besito, y ella aclaré que clase de tipo es su marido, es el momento esperado para rozar su piel y percibir su olor, ¡sexualmente excitante!!!

De camino a su destino saluda al dueño de la cafetería, al barbero que está abriendo el negocio y al que vende tamales.

Al llegar al lugar planificado para recibir su regalito, ella le dice:

– Ni te acerques, que huelo a rayos, ayer la fiesta duró hasta muy tarde, estaba tan borracha, que caí en la cama y ni me bañé, quien sabe lo que sucedió, ¿Te imaginas con el marido tan loco que tengo? Salí apurada de la casa y sin arreglarme a buscar el pan para el desayuno, –le dijo adiós con la mano– y echó a andar.

El pobre, que no recibió lo esperado, se le quedó mirando como se iba con el pan bajo el brazo, mientras su transparente vestido, al pasar por una zona de mucha luz solar dejaba ver la ausencia de ropa interior. Un empleado del lugar lo sacó de su concentración, y le preguntó:

– ¿Viste qué buena está esa cliente?

Él le contestó:

– No, no me fijé en eso, estaba buscando un OVNI por la luna.

De regreso a su casa, descubre que en su parqueo solo queda su decorado camión. Llega y abre la puerta, busca a su mujer que está en la cocina, tratando de introducir en el horno una pierna de cerdo, que no cabe por ser demasiado grande. Él le pregunta:

– ¿Y la gente de aquí?

La respuesta fue:

– Se fueron todos para la playa; así que estamos solos por primera vez, en tantos años.

Se acercó a ella que está de espaldas y le aprieta una nalga, después la toma por la cintura y la atrae hacia él mientras le besa el cuello. Ésta se vira de frente y sonríe. Los dos miran para el sofá, la mesa, la escalera, o encima de la meseta, no importa el lugar, cualquiera es bueno para la locura.

Se van desvistiendo mientras caminan muy juntos, vientre con vientre hacia el cuarto más cercano. Él la olfatea, no es el olor juvenil de la vecina, pero huele agradablemente a hembra. Abren la puerta del cuarto, la esposa le susurra:

– Al fin vamos a romper la rutina de: espera que los muchachos se duerman, que los viejos apaguen el televisor, o que esto, o que lo otro. Digamos como los recién casados "al fin solos".

La mujer enlaza sus piernas alrededor de la cintura del marido, contenta de ser la víctima de las ofrendas, mientras él hace una demostración de fuerza para llegar a la piedra del sacrificio. Pero…no pasa así, suena el timbre de la puerta, y se siente que alguien que tiene llave trata de abrir y no puede por el pestillo de seguridad. El hombre excitado sale corriendo para el baño, ella se acomoda la ropa y empieza a recoger las prendas de vestir regadas, las cuales esconde debajo de la cama.

Abre la puerta y entra la hija que trae al nieto, necesita que se lo cuiden porque tiene que ir para el hospital por una emergencia, después de la explicación le pregunta:

– ¿Mami, por qué estás tan colorada?

Ella le responde:

Por el calor, estaba tratando de meter una carne en el horno.

– ¿Y papi?

– Con diarreas en el baño, –seguro que le preguntaría por lo del pestill–".

Pero la hija se percata que la madre tiene un calzoncillo en la mano, y para no molestarla más, se calla de decirle "qué si ahora utiliza ropa interior del padre como paño de cocina".

Es posible, que también haya pensado. "No les damos una oportunidad". Pero se fue dejando el nieto.

Al momento suena el teléfono, es la cuñada que con picardía le dice:

– Oye ¿Cómo están la cosa por ahí? Aprovechen que los dejaron solos.

La respuesta que recibió:

–SIN NOVEDAD EN EL FRENTE.

Miami, 20 de mayo del 2014

EL DUELO

El ruido de los autos que se desplazan veloces por la cercana carretera, se confunde con el golpeteo de la lluvia contra el techo de metal del parqueo. El hombre mira por la ventana buscando un incentivo para salir de su aburrimiento. En ocasiones cuenta los autos ya sea por el modelo, color o marcas que más se rompen.

Su mujer, sentada en una silla lee una novela, mientras en la mesa se enfría un plato de comida, servida con la indiferencia de si él come o no.

Un viejo espejo, que no recuerda cuándo fue la última sonrisa que reflejó de la pareja unida, se autodestruye de tantas tristezas reflejadas. Si pudiera hablar contaría lindas historias del pasado, pero no puede, observa desde su rincón el duelo de dos seres que se amaban, y ahora se han puesto de espaldas a su realidad para avanzar en sentido contrario, por una senda que no tiene definido el momento preciso para virarse y disparar el proyectil de la separación. No se detuvieron, caminaron sin darse cuenta que un fino cordel llamado costumbres los mantenía unidos. De vez en cuando volteaban el rostro hacia el otro con miedo de no encontrarlo; pero siempre estaba ahí, indeciso de ser el primero en romper la atadura; preocupándose en que el otro enferme, o se sienta desdichado y muera de dolor. Se habían adaptado en irse perdiendo mutuamente, aunque en su interior algo quedaba...esperaban una señal, un gesto de dulzura. Ante tantas dudas, decidieron consultar a un vidente, éste no se atrevió a hablar claro, por temor a ser mal interpretado y se descubriera la farsa.

Caminaron juntos por un parque. Vieron a un enfermo con llagas en los pies, descansando, para seguir después el camino. El doliente hombre los miró y les dijo: "las heridas de la carne se curan, o te acostumbras a vivir con ellas; pero con las del alma no se puede, o se curan, o te matan en vida".

Los adversarios se miraron a los ojos, solo encontraron vacio y frialdad. Sacaron sus armas y apuntaron a la cuerda que los unía. Se escucharon dos disparos. Se sintieron libres para echar a andar y se alejaron lo suficiente. Los atacó el miedo por la ausencia del otro. El temor de verlo entregado a otros brazos surgió en forma de celos. Apareció en sus memorias los cadáveres de los últimos momentos felices que disfrutaron, esos no estaban muertos, resucitaban para arrancarles una sonrisa. El sol y las nubes se confabularon contra ellos, cambiándole al atardecer su traje gris por uno lleno de colores, que les recordó la primera vez que desnudaron su timidez y se entregaron al amor. Regresaron por sus pasos. Él arrancó una flor silvestre, y ella se maquilla para borrar de su rostro la última pena. Cerca uno del otro, echan a correr para acortar el tiempo de la entrega, él extiende sus manos y la toma por la cintura para despegarla del suelo, la atrae hacia sí. Nuevamente se miraran a los ojos y sonríen; porque encontraron en el fondo una débil chispa que empezó a crecer convirtiéndose en llama. Tomados de la mano regresaron al hogar, el espejo alegre rebotó la luz que reflejaba, contra los cuadros mustios, renovando sus colores, las cortinas frenéticas de felicidad se batían al contacto con el aire, que perfumado por esplendidos olores, expulsaba la humedad y el polvo acumulado durante los años de tanto desamor. El contacto de la piel les despertó una vieja y estimulante sensación. Se entregaron al amor, comprendieron que el roce mantiene viva la llama, por lo cual acordaron, besarse y acariciarse, aunque estuviesen cansados y todo quede en el intento.

Miami, 29 de agosto del 2014

APRESÚRATE POR FAVOR

Ni blancos, ni negros, violáceos tiene los pies, es todo un ritual arroparlos con las elásticas medias. Descubre, que sentado en el borde de la bañadera se facilita la operación, es todo un arte evadir el voluminoso abdomen. Se ladea por la izquierda, se inclina lo que aún puede, y logra en el primer intento vestir un pie. Repite la difícil maniobra por la derecha y cubre el otro.

Ya es tiempo de comenzar el segundo ejercicio matinal: ponerse los pantalones que están premeditadamente dispuestos en el piso. Los toma por la faja, se inclina hacia detrás con cierto ladeo de derecha y cuela en el tubo una de las reumáticas piernas, hace la misma combinación de movimientos en el otro sentido e introduce la otra.

Tercer acto, erguirse. Apoyando su mano en el mueble del lavamanos, toma impulso y queda de pie. Imperceptible, pero se queja de dolor, el lumbago. Sin no menos esfuerzo termina de vestirse. Desayuna ligero, ya está listo para salir rumbo al trabajo. Se detiene frente a la puerta de salida, mira la foto de la hija adolescente, y le dice: No te demores en crecer.

Miami, 3 de julio del 2014

MAREMOTO AZUL

El viento refresca la mañana, mientras el sol juguetón en ocasiones se esconde detrás de las nubes, que indecisas están en descargar el agua, y echarle a perder el día a los turistas, quienes miran indiferentes hacia la pequeña embarcación, que a corta distancia de la playa se balancea delicadamente sobre un apacible mar vestido de un azul brillante, que encandila la vista a los visitantes de otros países, quienes elogian el clima del estado del sol.

En la barca, un matrimonio de jubilados se mantiene en silencio, cada uno entretenido en lo suyo. La señora sostiene la vara de pescar; con la esperanza, sino al menos de una buena picada, pasar el tiempo despreocupada.

El hombre sentado en la popa, lee por quinta vez las indicaciones escritas en el reverso de un sobrecito, hace un gesto que refleja su incredulidad, no cree en los milagros. Se guarda el envoltorio en el bolsillo, se pone de pie y se acerca a las varas de pescar, ve a la esposa de espaldas, se le queda mirando y la percibe aún apetecible, pero ni pensar en eso.

Un pensamiento cargado de picardías lo hace sonreír, saca el sobrecito y lo vuelve a leer, mientras se dice: "pura propaganda", aunque en su cabeza queda la duda y se pregunta: "¿Y...si funciona, y le doy una sorpresa a la doña? Siente sed, coge un pomo de agua, se lo lleva a la boca, y sin darse cuenta como por arte de magia, se ha tomado también el contenido del sobre. No siente nada extraño, le quita interés al asunto y se pone a seleccionar la carnada para empezar a pescar. Se enredan en una cuerda sus pies y cae, el bote se mueve bruscamente, y la esposa pierde la vara que se hunde en el mar. Sin pensarlo dos veces, ella se lanza al mar para recuperarla y aprovecha para refrescarse, nada entre los peces que la miran sin darle importancia, se zambulle, y al sacar la cabeza siente el silbido del esposo que la llama con urgencia. Primero no lo cree, pero después...al ver al marido capaz, no lo piensa mucho, deja abandonada la vara y se lanza con locura al abordaje.

La embarcación se empieza a mover rítmicamente, y aumenta la rapidez. Los escaramujos asustados se desprenden del casco. El mar de apacible cambia a ligeramente movido; se generan olas de más de tres pies de altura, que nacen desde el lugar que ocupa el bote.

En la costa, los bañistas miran hacia el lugar intrigados. El salvavidas preocupado, ordena salir del agua y levanta la bandera con la señal de resaca, a la vez llama al 911 para que ayuden a los de la barca; al parecer están en el epicentro de un movimiento telúrico. Los de la prensa registran la señal y envían al helicóptero a investigar. El patrullero naval vuela por encima del agua. Mientras tanto, los peces voladores curiosos saltan por encima de la movida barquita, y son atrapados por las gaviotas chismosas que sin dejar de mirar se dan el banquete.

Llega primero el helicóptero. La reportera al darse cuenta de la situación, ordena al camarógrafo no grabar esas imágenes, por aquello del respeto a la privacidad ajena. Mira al piloto que la pretende desde hace un tiempo, y risueña le hace un gesto de aprobación. Los de la marina llegan después, y el capitán manda un subalterno a investigar en la embarcación, y ver que genera el problema. El sargento riéndose regresa, tratando de mantener la compostura y la disciplina militar, informa: "capitán, estamos en presencia de un dos en uno". El alto oficial le pide al militar que sea claro, y éste le dice: "el matrimonio de veteranos descubrió la pastillita azul".

Miami, 7 de septiembre del 2014

LA PRIMERA MENTIRA

El abuelo, del abuelo de los niños que jugaban en el patio; aparte de buena salud, también gozaba del cariño de sus descendientes. Era el único que podía dar respuesta sobre el extraño objeto, que los niños desenterraron cuando jugaban en la arboleda. Él recordó, que su padre le contó, que los hombres que se mataban unos a otros, por las diferencias que tenían sobre cual Dios era el verdadero. Un día llegaron al acuerdo, de seleccionar uno solo, y lo nombraron "Amor"; después recogieron todas las armas y las convirtieron en herramientas y materiales de construcción. También destruyeron las imágenes de guerras y violencias. El anciano, aunque nunca pudo tocar alguna cosa de aquellas, por la descripción que él guardaba en su memoria, pensó que era un arma de fuego y había que destruirla; pero los niños buscaban una respuesta y era obligatorio dárselas. Recordó que los hombres aquellos decían mentiras, y prefirió mentirles, les dijo:

– Es un antiguo instrumento agrícola inservible, sería mejor fundirlo y fabricar un removedor de tierra, para que las plantas den mejores flores. Así hicieron de mutuo acuerdo.

Miami, 4 de noviembre del 2014

APRISA

Miro por el retrovisor la imagen de la carretera, que tal parece una cinta, queda atrás devorada por el auto que viaja a ochenta millas por hora. Faltan dos horas para el nuevo encuentro. Antes, pasaré por un restaurante de comida rápida. Me dices que debo alimentarme bien, tengo prisa por llegar, y preparar condiciones para tu llegada. Voy muy veloz pero sigo fielmente tu consejo de no tomar alcohol, siempre aclaras que eso no es bueno para manejar, ni para el sexo.

Llegó a la casa y me dedicó a recoger los regueros, friego lo del desayuno y limpió el baño, con total pulcritud como te gusta. Después acomodo la cama, sitúo las almohadas cada cual en su lugar, con la lana esparcida sin dejar pelotas; nada puede molestarte. Me acuesto en la parte de mi cama, ajusto la almohada a mi gusto mientras voy adentrándome en el sueño... donde siempre te espero.

Los sonidos de la calle mueren, la quietud invade el cuarto, agudizo los oídos para sentir tus pasos cuando entres a la habitación. Una música suave y dulce empieza, el viento mueve las cortinas rítmicamente, como en un adagio de amor, mientras tu rostro aparece en la niebla que envuelve tu cuerpo. Te acercas y me tomas de las manos para que me incorpore y te persiga por el aposento. Caminamos por las paredes y el techo, desde ahí veo la cama, que sonríe mientras nos llama hacia sus sábanas tibias. También el butacón nos ofrece su confort. Acepto su oferta y te sientas sobre mis piernas. Acaricias mi pecho, mientras yo busco tu boca apacible que se entrega sin reparos. Suspiras con esa gracia que me estremece, tus ojos de un color indefinido entre miel y castaños, penetran mi mirada, me da escalofríos, viene del pasado la imagen de aquella novia de mi juventud, que adelantó su viaje hacia el Supremo, dejándome con aquella tristeza desgarradora, que me hizo por mucho tiempo extraviar la sonrisa. La veo a ella, con sus cabellos dorados que descansan sobre el espaldar del mueble. Se humedecen mis ojos, y al darte cuenta los secas con tus labios. Después nos vamos para el baño, risueños dejamos que el agua tibia corra libre por nuestros cuerpos, que enjabonados disfrutan nuestras caricias. Nos fijamos que el vapor empaña el vidrio de la puerta, invitándonos a dibujar un corazón con nuestras iniciales. Tú me secas con la toalla y yo a ti, formamos un entrecruzar de manos que nos da risa. Sales primero de la bañadera y corres por la casa, ríes de mi torpeza cuando resbalo por los pies mojados. Te subes en la mesa, en los muebles de la sala y empiezas a tirarme los cojines que la adornan; yo los devuelvo delicadamente para no lastimar tus manos. Saltas hacia la lámpara ventilador y te sostienes de una de sus aspas para girar como en una silla voladora. Yo río mientras te digo: ¡que loca eres mujer! Te dejas caer con suavidad, y vuelves a tomarme de la mano, me conduces al cuarto, llegamos a la cama y me guías con delicadeza para que me acueste. Voy cerrando los ojos, cantas bajito y con dulzura, haciéndome volver al sueño del cual me raptaste.

Al despertar en la mañana, toda la casa está en orden como siempre la dejas antes de irte. Recorro con la mirada todos los lugares donde nos amamos, buscando algún recuerdo tuyo, y solo encuentro un cabello dorado sobre el butacón, que quizás, dejó algún amor rentado, estoy seguro que no eres real, solo un dulce sueño que se repite para un hombre solitario.

NI LO PIENSES

Éramos dos varones y una hembra. Mi madre siempre trató de evitar que "eso" nos pasara. Solamente en peligro de muerte podíamos ceder. La primera en probarla fue mi hermana, después que se caso a los veinte años. Mi hermano, que es muy promiscuo si le dio uso cuando empezó a tener pareja. Pero yo, que siempre soy más cuidadoso, me veo ahora en la disyuntiva de vida o muerte, mirando con terror a ese verdugo armado de un afilado instrumento, que sonríe mientras me dice: cobarde, cualquier mujer es más valiente que tú. Y le contesto lo que pienso, claro, si ellas están más preparadas para soportar dolor, y padecen de amnesia sexual. No llevan un mes de paridas _con lo que ha de doler_ y ya están complaciendo al marido. Hombres y mujeres lo hacen por puro placer. Retrocedo un poco más...cuando el tipo me ordena bajarme el pantalón y ponerme bocabajo. Aterrorizado accedo, lo hago o me muero, aprieto los dientes, mientras siento como "eso" me penetra. Él me pide que me suavice. El dolor me llega hasta la garganta. Al fin termina su atropello, y el muy sádico me da hasta un masajito en la nalga, antes de alejarse un poco de mi lado. Me subo el pantalón con mil trabajo, compungido y adolorido voy hacia él y le preguntó con voz de masoquista: ¿usted creé, que con cuatro inyecciones más, de penicilina, me curé la infección de las amígdalas?

Miami, 10 de octubre del 2014

CREPÚSCULO

Los amantes, escapados de los prejuicios sociales, desnudan sus cuerpos y se entregan a la pasión, para dejar en el recuerdo, la belleza de un atardecer en la primera vez.

Miami, 21 de agosto del 2014

Publicado en Antología "Sensaciones y Sentidos" Diversidad Literaria, España.

VENGANZA

PRIMERA PARTE

Tantas veces acarició su cuerpo. Sus labios viajaron de su boca hasta su vientre, ella allí lo detuvo. Él terminó el trabajo solo en un baño, o pago veinte pesos por unas piernas que se abrieran. Ella, triunfadora cada vez encendió una vela. Seguía siendo virgen y llegó así hasta el altar. En su noche, él desvistió su cuerpo. Besó su carne y deslizó con lujuria su boca hasta su vientre; allí se detuvo. Se paró delante de ella, y como de costumbre, terminó el trabajo solo. Después, le dio como regalo una caja de velas. Era su decisión, mañana y otros mañanas, pagará veinte pesos, hasta que la última vela se apague.

SEGUNDA PARTE

Casi siete meses después, que se apagara la vela número cincuenta; nació Luisito, el primogénito de Luis, supuestamente sietemesino; que por obra y gracias de San Antonio, el santo patrón de Tony, el vecino de los bajos, quien no entendía de velas, ni milagros, y no tenía freno para detenerse sin llegar hasta el fin, como un tren. Nació el niño con peso y tamaño, como si fuera de nueve meses.

TERCERA PARTE

Protesto, solamente ayudé a apagar la quinta vela.
Tony.

Miami, 19 de octubre del 2014

MARIPOSA AMADA

Revoloteas ante mis ojos exhibiendo tus finos colores. Fijo la mira de mi fusil de caza entre tus alas, y disparo mis ansias de tenerte, que cubren toda esa piel que añoro conquistar. Me lanzo espada en mano para destruir obstáculos que aparecen y se multiplican llenos de indecisiones. Reagrupo mis fuerzas para el asalto. Te pienso, lo que aumenta más los estímulos que impulsan mis instintos caníbales, devorarte lentamente, dejando parte de la cena para un después, que no acabará nunca, para que se mantenga vivo el deseo de volar entre tus alas.

Miami, 13 de enero del 2015

Publicado en Antología:
"Pluma Tinta y Papel" Diversidad Literaria, España.

EN SILENCIO, NAVIDAD

Soy de Cuba y vivo en Miami. Desde hace diecisiete años, empecé realmente a disfrutar de la Navidad. Me complace ver a los nietos rompiendo la envoltura de los regalos. Aquí no esperan a los "Reyes Magos", es por "Santa" como dicen los niños, a él dirigen sus cartas, las cuales ponen al pie del arbolito. Siento una envidia sana, porque a mí, como a millones de niños de mi país natal, nos robaron esa fantasía. Hasta teníamos que tener mucho cuidado de mencionar algo al respecto, porque quedaríamos marcados como religiosos, y eso nos traía consecuencias.

Es cruel tener que negar a Dios, y hasta dudar de su existencia. Pedirle que nos ayude, y solo encontrar el "Silencio Divino"; aunque esa llama de celebrar "La Navidad" nunca murió del todo. Ni pensar, festejar "La Noche Buena" con productos que antes llegaban de la "Madre patria". Tampoco con carne de cerdo, porque el olor nos podía delatar. Cenábamos con lo que encontráramos. Sentados a la mesa, nuestra madre hacía una oración, no sin antes advertirnos del peligro de hacer comentarios. Ni siquiera con la familia, que estaba dividida y nos podían delatar. Qué triste verdad.

Miami, 15 de marzo del 2015

Publicado en Antología:
"La Navidad" Letras con Arte, España.

HIPOCRESÍA

Acomoda la cabeza en la almohada y cierra lentamente los ojos. La vecina llega envuelta en un vestido de niebla que se disipa dejando ver su perfecta fisonomía, que él contempla con lujuria. En la mañana, saludará con ironía al esposo cuando se crucen en el parqueo. Él nunca sabrá, cuantas veces la esposa ha sido amada, en los perversos sueños de quien aprieta ahora su mano.

Miami, 15 de marzo del 2015

Publicado en Antología:
"Inspiraciones Nocturnas" Diversidad Literaria, España.

HECHO REAL

Más de una semana, vociferando, tirando piedras, huevos, excrementos y pintando carteles, hacía que los fascistas asediaban y aterrorizaban; a una abuela, hija y nieta, por querer abandonar el país. La prostituta, desafiante, amenazó a la turba: con delatar hombres y mujeres que tuvieron sexo con ella. Los miserables se marcharon. Después, "La bella dama", les llevó agua y comida. La niña se durmió en sus brazos.

Miami, 15 de marzo del 2015

Publicado en Antología:
"Breves Heroicidades" Diversidad Literaria, España.

SOBREDOSIS

Embriagado de tu ausencia, deambulo con pasos errados por caminos llenos de recodos donde te escondes. Tus sortilegios me confunden en sentimientos encontrados, entre la esperanza y la falta de fe. Ni arrodillado frente a un altar se ponen de acuerdo las dudas que desequilibran mis pasos, y la seguridad que endereza el trayecto hacia ti. No lo sé, pero mientras sufro esta resaca, tengo un sueño maravilloso por que vivir: Amor.

Miami, 30 de octubre del 2014

Mención de Honor en concurso latinoamericano de cuento corto, editorial D'har Services, Estados Unidos

RUPTURA

Un pasaje de avión, y en la puerta las maletas. Los últimos pensamientos, solo fantasías consoladoras. Las horas que restan llaman a la reflexión. Culpable soy, quise ser diferente y te lastimé. Lloraste y comprendí que me amabas. Yo siento lo mismo. Miré tu foto y la encontré fría...tu mirada pedía que te dejara; comprendo ahora que no podía darle valor a unos ojos de fotografía, los verdaderos miran con ansias de pedir que me quede, pero tu boca no emite palabras, castiga con el insoportable silencio. Aquí solo dejaré la huella de mi cabeza grabada en la pared donde la recostaba cuando veíamos la televisión de este país tan diferente. Que nos varió las costumbres, hasta las palabras que tienen "ñ" como niños, las cambian por ninos, las mujeres pierden sus apellidos. El segundo nombre queda en desuso y crean problemas como este; que por el paso del tiempo, se te olvidó el otro nombre, y no encuentro la manera que entiendas que te llamé por el segundo, recordé que así lo hacía cuando vivíamos allá; te decía "Cary", María de la Caridad. Terca que eres mujer ¡Qué tanto Mery, ni qué Mery!

Miami, 20 de septiembre del 2014

Publicado en Antología:
"Cartas Mi Amor" Letras con Arte, España.

NO LO SABÍA

Nunca supe de crisis hasta que abandoné mi país, allá no podía definir eso; vivíamos el día a día, buscando comida para la familia; era lo habitual. Si lográbamos algo, nos subía el ego. ¡Triunfaba! Y así, pasaron los años entre efímeras victorias... sobrevivimos. Nos fuimos y aprendimos que es, o creemos entender, que es el período de tiempo donde suceden acontecimientos distintos a lo normal; como esta dificultad que tengo con mi esposa, que me dijo: "estás en algo raro, escribes como pensando en otra", cuando descubrió esto:

¿Por qué no llamas? ¿Acaso enmudece en tu corazón la palabra? ¿O en mi ausencia palidece tu voz? ¿Quizás después de un suspiro se acomoda la distancia entre tus labios y los míos? ¿O en tu cuerpo se borran las huellas de mis manos? ¿Será que en otros brazos encuentras lugar al olvido? ¿Me equivoco y no es así? ¿A lo mejor piensas en mí? Pero tus alas heridas no puedes mover. Paloma viajera, de ti guardo la pluma más bella, y los besos más dulces que de unos labios probé.

Ahora, sí estoy en crisis.

Miami, 8 de mayo del 2015

LÁGRIMAS Y AGUA

Las estrellas brillan a lo lejos, las sombras de la noche se acrecientan a la luz de la luna, que se traslada apacible en el cielo infinito. El terral sopla cargado del olor a tierra húmeda, mientras refresca la espalda quemada al sol de la anciana.

Meses atrás no visitaba la costa, se refugiaba en el cansancio de los años vividos, para evadir viajar con la hija los domingos de playa. Cuánto le pesa ahora, quizás...pudo evitar ser hoy, el alma en pena que recorre la caliente arena que abraza sus pies descalzos, y en las noches heladas del invierno, su piel tirita de frío, mientras mira hacia el oscuro mar, suplicando le devuelva la nieta, arrancada por una ola de los brazos de la madre. Para ella se hace el milagro, y la ve caminar sobre las aguas mientras la llama pidiéndole que vaya hacia ella. Alegre, emocionada, mezclando sus lágrimas con el agua salada, va a su encuentro caminando sobre las olas; es por el fondo, alejándose de la orilla, que no volverá a ver.

Miami, 14 de marzo del 2015

DE REVERSA VIAJAR

Subir al avión ¡No; no haber subido! Para caminar por las calles adoquinadas, estrechas y bulliciosas del pueblito. Sentarme en el parque del centro para ver a mi gente reír en las noches, contándose cuentos, cantando sus decimas. Correr con los niños por las aceras, y sentirme entre ellos como uno más, sin que me miren con sus ojitos tristes y hambrientos, con la esperanza de recibir una limosna. Volver atrás, saludar al barbero que cortaba mi pelo, al médico que cosía las heridas, al bodeguero que alegre despachaba el dulce y tocaba mi cabeza mientras decía: −"chaval, estás creciendo", escuchar al abuelo decir: −si, como un pino flaco.

Viajar hacia atrás en el tiempo y gritar que no se vayan, que hay que luchar, no huir, para evitar que el pueblo se esparza por el mundo buscando un incentivo de vida. Estar todos allí; embriagados del olor a melado de caña de azúcar. Escuchar al tren cañero machacando sobre el camino de hierro, y a las comparsas rumberas desfilar alegres por las calles. Pero es pura imaginación y quimeras imposibles; todo está destruido, el pueblo es un fantasma que viaja en los recuerdos de aquellos que lo dejamos atrás.

Miami, 19 de marzo del 2015

NADA

En una fría mañana de invierno cósmico, al Sol se le detuvo el corazón. Perpendiculares sus rayos cayeron al vacío, y en todo el espacio sideral se escuchó el lamento de un Astro entristecido. Una implosión de sentimientos llegó hasta lo más profundo de su centro de gravedad. Su Luna anhelada, la que pretendía a pesar de pertenecer a Júpiter, lo mantenía soñando, imaginándosela abrazada por sus ardientes brazos, mientras su boca de volcán quemaba su cuerpo con llamaradas de amor, a la vez que danzaban un Vals Celestial tomados de las manos.

Anterior al triste momento; se hizo cada día el propósito de superarse a sí mismo. Se desnudaba de todo lo negativo que pudiera ser obstáculo para llegar a ella. Rompiendo todos los esquemas de las leyes universales, pretendió iluminar la cara oculta de su amada. Se reprochaba a diario no haber sido lo suficiente ingenioso, por lo que se castigaba mentalmente pensando que la estaba perdiendo, algo que pudo hacer no lo hizo, quizás no la miró con todo el calor que debió y la fue alejando de si, sin darse cuenta que ella ya miraba hacia otra órbita. Nunca pudo descifrar el camino a recorrer. Invocó a todos los dioses y éstos no supieron responder, o callaron por no causarle más dolor; hasta ese día que guardará en su compungido corazón; descubrió que, mientras Júpiter, su rival, se enternecía soñando con los anillos de Saturno, su amada Luna, amaba a otra Luna.

Ciudad de La Habana, 26 de noviembre de 1996

TEORÍA DE AVES

Varias aves del bosque, con inquietudes similares acordaron reunirse en las noches de luna llena, para compartir criterios, contarse historias, y vivir un poco de fantasía y sueños; alejados de la cotidiana tarea de escaparse de los depredadores del bosque.

Como director del grupo, seleccionaron al búho por sus conocimientos y experiencia. Varias palomas contaban lindas historias basadas en la crianza de sus pichones. Otras aves analizaban e investigaban la forma de mejorar las técnicas de sobrevivencia y los problemas comunes.

Se establecieron ciertas reglas de disciplina, para que existiera respeto, paz y armonía. También confeccionaron una alfombra con hojas de palma y ramas de olivo, como símbolo de los sentimientos fraternos y solidarios que las unía.

En el momento de los hechos, se debatía el intrigante tema de: ¿Por dónde le entra el agua al coco? El pájaro carpintero planteaba su hipótesis, apoyado en la confesión hecha por un cocotero, a cambio de librarse del constante picoteo en su tronco. La reunión fue interrumpida por una paloma mensajera que cuidaba la entrada; ésta traía el aviso, que un ave desconocida esperaba para entrar, quien decía tener, la información precisa e irrebatible sobre el tema en estudio. A coro, le preguntaron cuál era su aspecto, no fuera ser un espía de los cazadores. La paloma contestó que no tenía tipo de cazadora, su vuelo era torpe y sin clase; por lo que tampoco sería carroñero, ave de los pantanos ni

pensarlo, sus patas no eran apropiadas, quizás trepadora, aunque el plumaje dejaba mucho que desear.
– ¿Entonces qué es? –Preguntaron–.
– No sé, –dijo ella– pero puedo hacer un retrato hablado que sería más o menos así: de patas famélicas y desorientadas, algo muy elevadas de las caderas, como de una ave desproporcionada, con penacho ensortijado, ojos desorbitados y..., –no pudo continuar–. Se escuchó un clamor generalizado. Ya aquella cosa extraña estaba allí, revolcándose y limpiándose el trasero con una hoja de olivo y las patas sobre el tejido sagrado. Empezó:
–La teoría del pájaro carpintero es pura basura, tengo la verdad absoluta, y todo será aclarado a mi forma, así: En noches secas de mucha lluvia y esplendida luna cuarto menguante, los rayos solares que resplandecen desde el norte, evaporan en forma de hielo las gotas de rocío del atardecer, para que éste penetre la impermeable cáscara del boniato, que en forma de racimos cuelgan de los frondosos árboles del preciado fruto. He dicho.

La científica ave abandonó el lugar, muy convencida que había hecho historia, y que los allí presentes eran de menos importancia. Defecó, al pasar por la puerta de salida.

Todos los presentes quedaron boquiabiertos ante tal definitoria y confirmada conclusión ¿Qué hacer con ella? No se podía dejar aquello tan científicamente expuesto sin difundir, lo mejor sería imprimirlo en papel de baño, para que todos los habitantes del bosque tuvieran esa información por esa vía. Además, con el recuerdito que dejó al salir en la puerta, quedaron sentadas las bases, para un nuevo estudio, sobre el comportamiento de algunos miembros de esa especie.

Ciudad de la Habana, 26 de noviembre de 1996

¿SE IRÁ?

En un último y desesperado impulso, la trajo hacia su pecho, la apretó firme, pero con ternura. Buscó su boca con impaciencia y la besó, con esa suavidad que requieren sus dulces labios; eso fue ayer, ya no está, se ha ido con otro, que también la desea, quizás sin la misma devoción que su corazón y todo su ser. Sabe, que el otro llegó primero, y tiene el privilegio de ser su esposo, aún así, es posible que no la ame como él, ni la haga sentir a plenitud como lo hizo él; de lo contrario, ¿qué buscaba a su lado? Hoy no queda nada de ella en ese cuarto, solo el eco de su voz y el perfume inconfundible de su piel, grabado en cada poro de aquellas paredes. Mañana, será el recuerdo que no morirá nunca, porque quedará como una gota de ternura, atrapada en la memoria y sabe, no se resignará haber perdido, aunque solo fue un ave de paso, que compartió una aventura dos días antes de su boda.

Interrumpen sus pensamientos los golpes de la aldaba. Ahora queda sorprendido al abrir la puerta, ella está allí, quien declara, haber renunciado a todo por él. Mientras la besa y desplaza las manos por todo su cuerpo, comprobando si es real, o si le falta algo que dejó en otro lugar. Se va formando en su mente la semilla de la duda, ¿me hará lo mismo?

Ella también desliza su mirada que enternece y penetra en su ser, buscando el apoyo a sus palabras, que dicen: haber encontrado el camino de la verdad, y pide ser aceptada, para recorrer juntos el camino de sus vidas hasta el final.

Se disipan sus dudas; cerrando la puerta al pasado, se entregan a la pasión, mientras van soñando con el futuro, y los hijos que correrán por los parques. El sueño se hace realidad, y mientras celebran las "Bodas de Plata", los nietos juegan alegres, llenando aún más de felicidad, esa unión con la mujer que ama. Y todo empezó con el abandono de un infeliz hombre, el mismo día de su boda.

Miami, 19 de noviembre del 2014

SMARTPHONE

¿Le ha pasado? Que cuando decide llamar para arreglar un asunto que lo tiene preocupado, algo en su interior le dice: "no lo haga", no es el momento.

Toma en las manos el genial equipo y desliza el dedo por la pantalla táctil, buscando la conexión, pero ésta no aparece, y algo en el subconsciente le vuelve a decir: "no lo haga", decide cancelar, pero los dedos, como si no pertenecieran al cuerpo siguen su trabajo, mientras en su mente aparecen las imágenes de la mañana, cuando su amigo, llorando le confiesa que su mujer lo engaña: – ¿Quisiera saber con quién? Para matarlos a los dos, porque el dolor es inaguantable.

Entonces decide dar por terminada la relación adultera que mantiene con la esposa, y no deja para después el asunto, aunque esa voz interna le dice que ahora no, pero ya está hecha la conexión y siente sonar el timbre del teléfono de ella. Se pega al oído el artefacto, sin esperar identificar la voz, suelta de un solo golpe la oración:

– Lo siento mi amor, lo nuestro tiene que acabar, Paco sospecha de ti.

Se sorprende al no recibir respuesta, pone la pantalla frente a su cara, descubriendo la encolerizada cara del marido que solamente le dice:

– Era contigo…mal nacido.

Miami, 8 de febrero del 2015

ASÍ PASAN

Levantarse con los ojos cansados, aunque los mantuvo cerrado toda la noche, sin embargo, la secuencia de imágenes no se detiene. De su memoria se ha borrado ¿Cuántas veces ha visto la misma película? Porque cree que el tiempo se lo ha llevado todo, como el viento del desierto, que barre las dunas y oculta las huellas al caminante que no puede orientarse.

Y como en la película "Lo que el viento se llevo", se fueron de usted mucho de los recuerdos; o quizás casi todos. Volvió a sonreír, creyó que lo malo fue solo un sueño pasado, y después fue casi feliz. Entonces se ha levantado, y con el pie tantea buscando la zapatilla debajo de la cama. Sin darse cuenta, golpea una con el pie, y ésta se corre fuera de su alcance. Se postra y mira debajo de la cama, pasea la mirada por la suciedad acumulada; lana desprendida del colchón y polvo añejado. No hace mucho tiempo que limpió, exactamente siete días, el fin de semana anterior se dedicó a la limpieza.

Hoy es domingo, se tiene que preparar para cumplir un compromiso. Estira la mano para alcanzar la zapatilla, alarga los dedos y siente un dolor punzante en el hombro, la bursitis... No. Los golpes de ayer, del pasado, que el viento de la memoria no borra, ni el cuerpo maltratado pudo sanar. Entonces se da cuenta que no todo se lo llevó el tiempo. Surgen del almacén de la memoria, intrincados recuerdos; los golpes que dejaron sus huellas.

Logra alcanzar la zapatilla y se incorpora, ahora siente el dolor de las rodillas lastimadas al golpearse fuerte en el piso de cemento de la cárcel; no soportaron el peso del cuerpo después de tantas horas parado, de tantos golpes que recibió, del hambre y sed. Siente un odio violento que viaja desde pasado; y el pecho se aprieta, como cuando fue golpeado con la culata del fusil AKM soviético, los oídos le zumban y se le nubla la vista, tanteando encuentra una silla, se sienta antes de caer. Vuelve a comprender que no olvida, que todo es una falacia; que esos recuerdos nunca los podrá olvidar.

El cuerpo desiste de salir de esa cómoda posición y no apetece el baño. Siente que se va relajando, prefiere quedarse en la casa. La mirada recorre el cómodo hogar conquistado en el extranjero, porque el suyo le fue arrebatado; el heredado del sacrificio de los padres, abuelos y generaciones anteriores, y no solo eso, el amor por la patria se lo cambiaron por apatía; los recuerdos duelen, como aquellos golpes recibidos por no poder mantener los brazos en alto, como un soldado que se rinde; pero más que los golpes que rompen la carne y los huesos, es el moral que le da el amigo, que no resistió ver la sangre que brotaba de la cabeza del otro prisionero, vecino del mismo pueblo, quien se negó a golpearlo, y fue ejecutado de un tiro. Entonces el otro que sintió miedo, aceptó el palo dado por el miliciano y lo golpeó mientas lloraba, y para animarlo le decías: –golpéame para que no te maten. Pero si lo están matando a él. No de un balazo, si moralmente; porque al otro día amaneció ahorcado con su propio cinto.

Al fin decide bañarse, el agua tibia alivia, busca el jabón y lo aprieta fuerte; como para descargar todo el estrés, el agua recorre el cuerpo relajándolo. Sin darse cuenta se bañó, después se afeita y perfuma. Se viste y sale al parqueo. Siente deseos de no ir, pero saca del bolsillo la llave y abre el auto, –algo le dice que no vaya–. Acomoda el espejo retrovisor y ve el asiento trasero, se ve sentado allí; como en el auto de alquiler que lo llevó de regreso el día del juicio, de su encarcelamiento y de la condena a muerte por fusilamiento; acusado de lo que no hizo, porque solo era un pretexto para despojarlo de sus bienes. Para sembrar el terror entre los jóvenes, y no se unieran en la lucha contra la esclavitud fascista. Se dice que no, el pasado es solo eso; pasado, triste o feliz y no volverá. Entonces mueve la palanca del carro y pone reversa. Siente otra vez algo que se le va al pasado, vuelve a sentir deseos de no ir a ese lugar, donde se van a reunir, los viejos vecinos de su pueblo, de aquel pueblito pintoresco y alegre, donde todos se llevaban como familia, hasta que un día llegó la maldad, la tristeza, el odio y el luto.

Aquel pueblo, donde vivía un hombre blanco, al cual le decían " El Negro" porque alguien pudo verlo por dentro y lo vio oscuro, como la maldad y lo apodó así: "El Negro". El mismo que llevó la voz acusatoria en el juicio, acusándolo de contrarrevolucionario que ayudaba a los alzados en armas, y que querías quemar la escuela. Por eso improvisaron un juicio, mejor dicho, un circo. "El Negro" gritó: –Paredón.

Otros gritaron a coro: – Paredón, que lo fusilen.

Vio entre aquella turba gente desconocidas, que eran llevados de pueblo en pueblo, sembrando el terror, apoyando a los extremistas del lugar. También descubre vecinos, amigos del pueblo, antiguos compañeros de estudio, que el miedo les devoró el alma. Ve a su madre, que como fiera defiende al hijo, y ofrece su vida a cambio, mientras grita:

–Si lo que quieren es sangre, tomen la mía; ASESINOS.

Se da cuenta que viaja por la calle Flagler; siente otra vez deseos de no ir, de regresar a casa, o ir a otra parte; pero una fuerza interna lo dirige, y se da cuenta que ha llegado y está parqueando. Sale del auto y se dirige a la entrada del lugar, empieza a subir las escaleras. Ayuda a un anciano a subirlas. Escucha que alguien dice:

– Las cosas de Dios; mira quien ayuda al "Negro" –al hombre blanco que le dicen "El Negro"–.

Miami, 25 de julio del 2011